DIALOGUE

OU

SATIRE X.

*Du Sieur D****

A COLOGNE,

M. DC. XCIV.

AU LECTEUR.

Voicy enfin la Satire qu'on me demande depuis si long-temps. Si j'ay tant tardé à la mettre au jour, c'est que j'ay esté bien aise qu'elle ne parût qu'avec la nouvelle édition qu'on faisoit de mon Livre, où je voulois qu'elle fust inserée. Plusieurs de mes Amis à qui je l'ay lûë, en ont parlé dans le monde avec de grands éloges, & ont publié que c'estoit la meilleure de mes Satires. Ils ne m'ont pas en cela fait plaisir. Je connois le Public. Je sçay que naturellement il se revolte contre ces loüanges outrées qu'on donne aux Ouvrages avant qu'ils aïent paru ; & que la pluspart des Lecteurs ne lisent ce qu'on leur a élevé si haut, qu'avec un dessein formé de le rabaisser.

Je déclare donc, que je ne veux point profiter de ces discours avantageux : & non seulement je laisse au Public son jugement libre, mais je donne plein pouvoir à tous ceux qui ont tant critiqué mon Ode sur Namur, d'exercer aussi contre ma Satire toute la rigueur de leur critique. J'espere qu'ils le feront avec le mesme succés : & je puis les asseurer que tous leurs discours ne m'obligeront point à rompre l'espece de vœu que j'ay fait de ne jamais deffendre mes Ouvrages, quand on en

attaquera que les mots & les syllabes. Je
sçauray fort bien soûtenir contre ces Cen-
seurs, Homere, Horace, Virgile, & tous
ces autres grands Personnages dont j'admire
les écrits : mais pour mes écrits, que je n'admire point, c'est à ceux qui les approuveront
à trouver des raisons pour les deffendre. C'est
tout l'avis que j'ay à donner icy au Lecteur.

La bienseance neanmoins voudroit, ce me
semble, que je fisse quelque excuse au Beau
Sexe, de la liberté que je me suis donnée de
peindre ces vices. Mais au fond, toutes les
peintures que je fais dans ma Satire sont si ge-
nerales, que bien loin d'apprehender que les
femmes s'en offensent, c'est sur leur appro-
bation & sur leur curiosité que je fonde la
plus grande esperance du succés de mon Ouvrage. Une chose au moins dont je suis cer-
tain qu'elles me loüeront, c'est d'avoir trouvé
moyen dans une matiere aussi délicate que
celle que j'y traite, de ne pas laisser échaper
un seul mot qui pût blaisser le moins du monde la pudeur. J'espere donc que j'obtiendray
aisément ma grace, & qu'elles ne seront pas
plus choquées des predications que je fais
contre leurs defauts dans cette Satire, que des
Satires que les Predicateurs font tous les jours
n chaire contre ces mesmes défauts.

SATIRE X.

SATIRE X.

ENFIN bornant le cours de tes galanteries,
Alcippe, il est donc vrai, dans peu tu te maries.
Sur l'argent, c'est tout dire, on est déja d'acord.
Ton Béaupere futur, vuide son coffre fort :
Et déja le Notaire a, d'un stile energique,
Griffonné de ton joug l'instrument authentique.
C'est bien fait. Il est temps de fixer tes desirs.
Ainsi que ses chagrins l'Hymen a ses plaisirs.
Quelle joye en effet, quelle douceur extrême ?
De se voir caressé d'une Epouse qu'on aime :
De s'entendre appeller *petit Cœur*, ou *mon Bon* ;
De voir au tour de soy croistre dans sa maison,
Sous les paisibles loix d'une agreable Mere,
De petits Citoyens dont on croit être Pere ?
Quel charme ? au moindre mal qui nous vient menacer,
De la voir aussi-tost accourir, s'empresser,
S'effrayer d'un peril qui n'a point d'apparence,
Et souvent de douleur se pasmer par avance.
Car tu ne seras point de ces jaloux afreux,
Habiles à se rendre inquiets, malheureux ;
Qui tandis qu'une Epouse à leurs yeux se desole,
Pensent toûjours qu'un autre en secret la console.
    Mais quoy, je voy dé-ja que ce discours t'aigrit.
Charmé de Juvenal *, & plein de son esprit
Venez-vous, dira tu, dans une piece outrée,
Comme luy nous chanter : * *Que dès le temps de Rhée*
La Chasteté déja, la rougeur sur le front.

* Iuvenal a fait une Satire contre les Femmes qui
est son plus bel ouvrage.
* Par les du commencement de la Satire de Iuvenal.

A

Avoit chés les Humains receu plus d'un affront :
Qu'on vid avec le fer naiſtre les Injuſtices,
L'Impieté, l'Orgueil, & tous les autres vices.
Mais que la bonne foy dans l'amour conjugal
N'alla point juſqu'au temps du troiſieme Métal ?
Ces mots ont dans ſa bouche une emphaze admirable;
Mais je vous diray, moi, ſans alleguer la fable :
Que ſi ſous Adam meſme & loin avant Noé,
Le Vice audacieux des Hommes avoüé
A la triſte Innocence en tous lieux fit la guerre,
Il demeura pourtant de l'honneur ſur la Terre :
Qu'aux temps les plus féconds en Phrinés, en Lays
Plus d'une Penelope honora ſon pays;
Et que meſme aujourd'hui, ſur ces fameux modeles,
On peut trouver encor quelques Femmes fideles.
　　Sans doute; & dans Paris, ſi je ſçay bien compter,
Il en eſt juſqu'à trois que je pourrois citer,
Ton Epouſe dans peu ſera la quatriéme.
Je le véux croire ainſi : Mais la Chaſteté meſme
Sous ce beau nom d'Epouſe entraſt-elle chés toy;
De retour d'un voyage en arrivant, croy moy,
Fais toujours du logis avertir la maiſtreſſe.
Tel partit tout baigné des pleurs de ſa Lucreſſe,
Qui faute d'avoir pris ce ſoin judicieux,
Trouva. Tu ſçais … Je ſçay que d'un conte odieux
Vous avés comme moy ſali voſtre memoire.
Mais laiſſons-la. dis-tu, Joconde & ſon hiſtoire.
Du projet d'un Hymen déja fort avancé,
Devant vous aujourd'hui criminel denoncé,
Et mis ſur la ſellette aux piés de la Critique,
Je voy bien tout de bon qu'il faut que je m'explique.
　　Jeune autrefois par vous dans le monde conduit
J'ay trop bien profité, pour n'eſtre pas inſtruit.
A quels diſcours malins le mariage expoze.
Je ſçay, que c'eſt un texte où chacun fait ſa gloze:
Que de Maris trompez tout rit dans l'Univers,
Epigrammes, Chanſons, Rondeaux, Fables en vers,

Satire, Comedie; & sur cette matiere,
J'ay vû tout ce qu'ont fait La Fontaine & Moliere,
J'ay lû tout ce qu'ont dit Villon, & Saint Gelais,
Ariofte, Marot, Bocace, Rabelais,
Et tous ces vieux Recueils de Satires naïves
Des malices du Sexe immortelle archives.
Mais, tout bien balancé, j'ay pourtant reconnu,
Que de ces contes vains le monde entretenu
N'en a pas de l'Hymen moins vû fleurir l'ufage;
Que fous ce joug moqué tout à la fin s'engage:
Qu'à ce commun filet les Railleurs mefmes pris
Ont efté tres-fouvent de commodes Maris;
Et que pour eftre heureux fous ce joug falutaire
Tout dépend en un mot du bon choix qu'on fçait faire.
Enfin, Il faut ici parler de donne foy;
Je vieillis; & ne puis regarder fans effroy,
Ces Neveux affamez, dont l'importun vifage
De mon bien à mes yeux fait déja le partage.
Je croy déja les voir, au moment annoncé
Qu'à la fin, fans retour, leur cher Oncle eft paffé,
Sur quelques pleurs forcés, qu'ils aurôt foin qu'on voye
Se faire contoler du fujet de leur joye.
Je me fais un plaifir, à ne vous rien celer,
De pouvoir, moy vivant, dans peu les defoler;
Et trompant un efpoir pour eux fi plein de charmes,
Arracher de leurs yeux de veritables larmes.
  Vous diray-je encor plus ? Soit foibleffe ou raifon,
Je fuis las de me voir les foirs en ma maifon
Seul avec des Valets fouvent voleurs & traiftres,
Et toûjours à coup feur ennemis de leurs Maiftres.
Je ne me couche point, qu'auffi-toft dans mon lit
Un fouvenir fafcheux n'apporte à mon efprit
Ces Hyftoires de morts lamentables, tragiques,
Dont Paris tous les ans peut groffir fes Chroniques.
Dépoüillons nous icy d'une vaine fierté:
Nous naiffons, nous vivons pour la focieté.
A nous mefmes livrés dans une folitude

Noſtre bonheur bien-toſt fait noſtre inquietude,
Et ſi , durant un jour , noſtre premier Ayeul
Plus riche d'une coſte avoit veſcu tout ſeul ,
Je doute , en ſa demeure alors ſi fortunée ,
S'il n'euſt point prié Dieu d'abreger la journée.
N'allons donc point ici reformer l'Univers ,
Ni par de vains diſcours , & de frivoles vers
Etalant au Public noſtre miſanthropie
Cenſurer le lien le plus doux de la vie ,
Laiſſons-là , croyés moi , le monde tel qu'il eſt.
L'Hymenée eſt un joug , & c'eſt ce qui m'en plaiſt.
L'Homme en ſes paſſions toujours errant ſans guide
A beſoin qu'on lui mette & le mors & la bride.
Son pouvoir malheureux ne ſert qu'à le geſner ,
Et pour le rendre libre , il le faut enchaîner.
C'eſt ainſi que ſouvent la main de Dieu l'aſſiſte.
Ha bon ! voila parler en docte Janſeniſte !
Alcippe , & ſur ce point ſi ſçavamment touché.
Des-mares , * dans S. Roch, n'auroit pas mieux preſché.
Mais c'eſt trop t'inſulter. Quittons la raillerie,
Parlons ſans hyperbole & ſans plaiſanterie.
Tu viens de mettre ici l'Hymen en ſon beau-jour.
Enten donc : & permets , que je preſche à mon tour.

   L'Epouſe que tu prens , ſans tache en ſa conduite ,
Aux vertus , m'a-t-on dit , dans Port-Royal inſtruite ,
Aux loix de ſon devoir regle tous ſes deſirs.
Mais qui peut t'aſſurer , qu'invincible aux plaiſirs
Chés toy dans une vie ouverte à la licence.
Elle conſervera ſa premiere innocence ?
Par toi-meſme bien-toſt conduite à l'Opera ,
De quel air penſes-tu , que ta Sainte verra
D'un ſpectacle enchanteur la pompe harmonieuſe ,
Ces danſes , ces Heros à voix luxurieuſe ,
Entendra ces diſcours ſur l'amour ſeul roulans ,
Ces doucereux Renauds , ces inſenſez Rolands ;
Sçaura d'eux qu'à l'Amour, côme au ſeul Dieu ſuprême

   * Le Pere Des-mares fameux Predicateur.

On doit immoler tout, jusqu'à la vertu mesme :
Qu'on ne sçauroit trop tost se laisser enflammer :
Qu'on n'a receu du Ciel un cœur que pour aimer ;
Et tous ces lieux communs de Morale lubrique
Que Lully rechauffa des sons de sa musique ?
Mais de quels mouvemens dans son cœur excités
Sentira-t-elle alors tous ses sens agités ?
Je ne te répons pas, qu'au retour moins timide
Digne Ecoliere enfin d'Angelique & d'Armide,
Elle n'aille à l'instant pleine de ces doux sons,
Avec quelque Medor pratiquer ces leçons.
    Supposons toutefois, qu'encor fidele & pure
Sa vertu de ce choc revienne sans blessure.
Bien tost dans ce grand Monde, où tu vas l'entraîner,
Au milieu des écueils qui vont l'environner,
Crois-tu que toûjours ferme aux bords du precipice
Elle pourra marcher sans que le pié lui glisse ?
Que toûjours insensible aux discours enchanteurs
D'un idolâtre amas de jeunes Seducteurs,
Sa sagesse jamais ne deviendra folie.
D'abord tu la verras, ainsi que dans Clélie,
Recevant ses Amans sous le doux nom d'Amis,
S'en tenir avec eux aux petits soins permis ;
Puis bien-tost en grande eau sur le fleuve de Tendre,
Naviger à souhait, tout dire, & tout entendre.
Et ne présume pas que Venus, ou Sathan
Souffre qu'elle en demeure aux termes du Roman.
Dans le crime il suffit qu'une fois on débute,
Une chûte toûjours attire un autre chûte.
L'Honneur est comme une Isle escarpée & sans bords.
On n'y peut plus rentrer dés qu'on en est dehors.
Peut-estre avant deux ans ardente à te déplaire,
E'prise d'un Cadet, yvre d'un Mousquetaire,
Nous la verrons hanter les plus honteux brelans,
Donner chés la Cornu rendés-vous aux Galans,
De Phèdre dédaignant la pudeur enfantine,
Suivre à front decouvert Z . . . & Messaline :
Conter pour grands exploits vingt hommes rüinés,

Blessés, battus pour elle, & quatre assassinés.
Trop heureux ! si toûjours ainsi désordonnée,
Sans mesure & sans regle au vice abandonnée,
Par cent traits d'impudence aisés à ramasser,
Elle t'acquiert au moins un droit pour la chasser
    Mais que deviendras-tu ! si, folle en son caprice,
N'aimant que le scandale & l'éclat dans le vice,
Bien moins pour son plaisir, que pour t'inquieter,
Au fond peu vicieuse elle aime à coqueter ?
Entre nous, verras tu, d'un esprit bien tranquille,
Chés ta Femme aborder & la Cour & la Ville ?
Tout hormis toi, chés toi, rencontre un doux acüeil.
L'un est payé d'un mot, & l'autre d'un coup d'œil.
Ce n'est que pour toi seul qu'elle est fiere & chagrine,
Aux autres elle est douce, agreable, badine :
C'est pour eux qu'elle étale & l'or, & le brocard,
Que chés toi se prodigue & le rouge & le fard ;
Et qu'une main sçavante, avec tant d'artifice,
Bastit de ses cheveux le galant édifice.
Dans sa chambre, croy moi, n'entre point tout le jour,
Si tu veux posseder ta Lucresse à ton tour ;
Atten, discret Mary, que la Belle en cornete
Le soir ait étalé son teint sur la toilete,
Et dans quatre mouchoirs de sa beauté salis
Envoye au Blanchisseur ses roses & ses lys.
Alors tu peux entrer : mais sage en sa presence
Ne vas pas murmurer de sa folle dépense.
D'abord l'argent en main paye & viste & comptant,
Mais non ; fay mine un peu d'en estre mécontent.
Pour la voir aussi-tost sur ses deux piés hauffée
Déplorer sa vertu si mal récompensée.
Un Mari ne veut pas fournir à ses besoins.
Jamais Femme aprés tout a-t'elle cousté moins ?
A cinq cens loüis d'or tout au plus chaque année
Sa depense en habits n'est-elle pas bornée ?
Que répondre ? Je voy, qu'à de si justes cris
Toi mesme convaincu déja tu t'attendris,
Tout prest à la laisser pourveu qu'elle s'appaise.

Dans ton cofre en pleins sacs puiser tout à son aise.
A quoi bon en effet t'allarmer de si peu ?
Hé que seroit-ce donc, si le Demon du jeu
Versant dans son esprit sa ruïneuse rage,
Tous les jours mis par elle à deux doigts du naufrage
Tu voyois tous tes biens au sort abandonnés
Devenir le butin d'un pique ou d'un sonnés ?
Le doux charme pour toi ? de voir, chaque journée,
De nobles Champions ta Femme environnée,
Sur une table longue & façonnée exprés
D'un Tournois de bassette ordonner les aprests :
Ou, si par un arrest la grossiere Police
D'un jeu si necessaire interdit l'exercice,
Ouvrir sur cette table un champ au Lansquenet,
Ou promener trois dés chassés de son cornet :
Puis sur une autre table, avec un air plus sombre,
S'en aller mediter une vole au jeu d'Ombre :
S'écrier sur un as mal à propos jetté :
Se Plaindre d'un gâno qu'on n'a point écouté ;
Ou, querellant tout bas le Ciel qu'elle regarde,
A la Beste gemir d'un Roy venu sans garde.
Chés elle en ces emplois, l'Aube du lendemain
Souvent la trouve encor les cartes à la main.
Alors pour se coucher les quittant non sans peine,
Elle plaint le malheur de la Nature humaine
Qui veut qu'en un sommeil, où tout s'ensevelit,
Tant d'heures sans jouer se consument au lit.
Toutefois en partant la Troupe la console,
Et d'un prochain retour chacun donne parole.
C'est ainsi qu'une Femme en doux amusemens
Sçait du temps qui s'envôle employer les momens,
C'est ainsi que souvent par une Forcenée.
Une triste Famille à l'hospital traînée,
Void ses biens en decret sur tous les murs écrits,
De sa deroute illustre effrayer tout Paris.
Mais que plûtost son jeu mille fois te ruïne ;
Que si la famelique & honteuse Lézine

Venant mal à propos la saisir au collet,
Elle te reduisoit à vivre sans valet,
Comme ce Magistrat de hideuse memoire,
Dont je veux bien ici te crayonner l'histoire.
　Dans la Robbe on vantoit son illustre Maison.
Il estoit plein d'esprit, de sens, & de raison.
Seulement pour l'argent un peu trop de foiblesse
De ces vertus en lui ravaloit la noblesse.
Sa table toutefois, sans superfluité,
N'avoit rien que d'honneste en sa frugalité :
Chés lui deux bons chevaux de pareille encolûre
Trouvoient dans l'écurie une pleine pasture,
Et du foin, que leur bouche au ratelier laissoit,
De surcroist une mule encor se nourrissoit.
Mais cette soif de l'or qui le brûloit dans l'ame
Le fit enfin songer à choisir une Femme ;
Et l'honneur dans ce choix ne fut point regardé.
Vers son triste penchant son naturel guidé
Le fit dans une avare & sordide famille
Chercher un monstre affreux sous l'habit d'une fille,
Et sans trop s'enquerir d'où la Laide venoit
Il sçut, ce fut assés, l'argent qu'on lui donnoit.
Rien ne le rebutta ; ni sa veuë eraillée
Ni sa masse de chair bizarrement taillée ;
Et trois cens mille francs avec elle obtenus
La firent à ses yeux plus belle que Vénus.
Il l'épouse, & bien tost son Hostesse nouvelle
Le preschant, lui fit voir, qu'il estoit au prix d'elle,
Un vrai dissipateur, un parfait débauché.
Lui-mesme le sentit, reconnut son peché,
Se confessa prodigue & plein de repentance
Offrit sur ses avis de regler sa dépense.
Aussi tost de chés eux tout rosti disparut :
Le pain bis renfermé d'une moitié décrut :
Les deux chevaux, la mule au marché s'envolerent,
Deux grands Laquais à jeun sur le soir s'en allerent :
De ces Coquins déja l'on se trouvoit lassé,

Et

Et pour n'en plus revoir le reste fut chassé.
Deux Servantes déja largement soufletées
Avoient à coups de piés descendu les montées,
Et se voyant enfin hors de ce triste lieu
Dans la ruë en avoient rendu graces à Dieu.
Un vieux Valet restoit, seul cheri de son Maistre,
Que toûjours il servit, & qu'il avoit veu naistre,
Et qui de quelque somme amassée au bon temps
Vivoit encore chés eux, partie à ses dépens.
Sa veüe embarrassoit ; il falut s'en défaire :
Il fut de la maison chassé comme un Corsaire.
Voilà nos deux Epoux sans valets, sans enfans,
Tous seuls dans leurs logis libres & triomphans.
Alors on ne mit plus de borne à la lézine :
On condamna la cave, on ferma la cuisine :
Pour ne s'en point servir aux plus rigoureux mois,
Dans le fond d'un grenier on sequestra le bois,
L'un & l'autre dés-lois vécut à l'aventure
Des presens qu'à l'abri de la Magistrature,
Le Mari quelquefois des Plaideurs extorquoit,
Ou de ce que la Femme aux voisins excroquoit.
    Mais peut estre j'invente une fable frivole.
Démens donc tout Paris, qui prenant la parole,
Sur ce sujet encor de bons témoins pourveu,
Tout prest à le prouver, te dira : Je l'ay veû.
Vingt ans j'ay veû ce Couple uni d'un mesme vice
A tous mes Habitans montrer que l'avarice
Peut faire dans les biens trouver la pauvreté,
Et nous reduire à pis que la mendicité.
Des voleurs qui chez eux pleins d'esperance entrerent
A la fin un beau jour tous deux les massacrerent,
Digne & funeste fruit du nœud le plus affreux
Dont l'Hymen ayt jamais uni deux Malheureux !
    Ce recit passe un peu l'ordinaire mesure.
Mais un exemple enfin si digne de censure
Peut-il dans la Satire occuper moins de mots ?
Chacun sçait son métier. Suivons nostre propos.
Nouveau Predicateur aujourd'hui, je l'avoüe,

Ecolier, ou plûtost singe de Bourdaloüe,
Je me plais à remplir mes sermons de portraits.
En voila déja trois peints d'assez heureux traits,
La Femme sans honneur, la Coquette, & l'Avare.
Il faut y joindre encor la revesche Bizarre,
Qui sans cesse, d'un ton par la colere aigri,
Gronde, choque, dément, contredit un Mari.
Il n'est point de repos ni de paix avec elle.
Son mariage n'est qu'une longue querelle.
Laisse-t-elle un moment respirer son Epoux?
Ses valets sont d'abord l'objet de son couroux,
Et sur le ton grondeur, lors qu'elle les harangue,
Il faut voir de quels mots elle enrichit la langue.
Ma plume ici traçant ces mots par alphabet,
Pourroit d'un nouveau tôme augmenter Richelet.
Tu crains peu d'essuyer cette étrange furie.
En trop bon lieu, dis-tu, ton Epouse nourie
Jamais de tels discours ne te rendra martyr.
Mais eust-elle sucé la raison dans Saint Cyr,
Crois-tu que d'une fille, humble, honneste, charmante,
L'Hymen n'ait jamais fait de femme extravagante?
Combien n'a-t-on point vû de Belles aux doux yeux,
Avant le mariage, Anges si gracieux,
Tout-à-coup se changeant en Bourgeoises sauvages,
Vrais Démons, apporter l'Enfer dans leurs ménages,
Et découvrant l'orgueil de leurs rudes esprits,
Sous leur fontange altiere asservir leurs Maris?
    Et puis, quelque douceur dont brille ton Epouse,
Penses-tu, si jamais elle devient jalouse,
Que son ame livrée à ses tristes soupçons,
De la raison encore écoute les leçons?
Alors, Alcippe, alors, tu verras de ces œuvres.
Resou-toy, pauvre Epoux, à vivre de couleuvres;
A la voir toûs les jours, dans ses fougueux accez,
A ton geste, à ton rire, intenter un procez:
Souvent de ta maison gardant les avenuës,
Les cheveux herissez, t'attendre au coin des ruës:
Te trouver en des lieux de vingt portes fermés,

Et par tout où tu vas, dans ses yeux enflammés,
T'offrir, non pas d'Isis la tranquoille Eumenide, *
Mais la vraye Alecto peinte dans l'Eneïde,
Un tison à la main chez le Roy Latinus,
Soufflant sa rage au sein d'Amate & de Turnus.
Mais quoy ? je chausse ici le cothurne Tragique :
Reprenons au plûtost le brodequin Comique,
Et d'objets moins affreux songeons à te parler.
    Dy moy donc, laissant-là cette Folle heurler,
T'accommodes tu mieux de ces douces Ménades,
Qui dãs leurs vains chagrins sans mal toûjours malades
Se font des mois entiers sur un lit effronté,
Traiter d'une visible & parfaite santé ;
Et douze fois par jour dans leur molle indolence,
Aux yeux de leurs Maris tombent en défaillance ?
Quel sujet, dira l'un, peut donc si frequemment
Mettre ainsi cette Belle aux bords du monument ?
La Parque ravissant ou son fils ou sa fille,
A-t-elle moissonné l'espoir de sa famille ?
Non : il est question de reduire un Mari
A chasser un Valet dans la maison cheri ;
Et qui, parce qu'il plaist a trop sçû lui déplaire ;
Ou de rompre un voyage utile & necessaire :
Mais qui la priveroit huit jours de ses plaisirs ;
Et qui loin d'un Galant objet de ses desirs…
O ! que pour la punir de cette Comedie,
Ne lui voy-je une vraye & triste maladie !
Mais ne nous fâchons point. Peut-être avãt deux jours,
Courtois & Dunyau mandés à son secours,
Digne ouvrage de l'Art dont Hipocrate traite !
Lui sçauront bien ôter cette santé d'Athlete :
Pour consumer l'humeur qui fait son embonpoint,
Lui donner sagement le mal qu'elle n'a point,
Et fuyant de Fagon les maximes énormes,
Au tombeau merité la mettre dans les formes.

    * Furie dans l'Opera d'Isis, qui demeure presque
toûjours à ne rien faire.

Dieu veüille avoir son ame, & nous délivre d'eux.
Pour moy grand ennemi de leur art hazardeux,
Je ne puis cette fois que je ne les excuse.
Mais à quels vains discours est ce que je m'amuse ?
Il faut sur des sujets plus grands, plus curieux,
Attacher de ce pas ton esprit & tes yeux.

   Qui s'offrira d'abord ? Bon ; c'est cette Sçavante
Qu'estime Roberval, & que Sauveur frequente.
D'où vient qu'elle a l'œil trouble, & le teint si terni ?
C'est que sur le calcul, dit-on, de Cassini,
Un astrolabe en main, elle a dans sa goutiere
A suivre Jupiter passé la nuit entiere.
Gardons de la troubler. Sa science, je croy,
Aura pour s'occuper ce jour plus d'un employ.
D'un nouveau microscope on doit en sa presence
Tantost chez Dalancé faire l'experience ;
Puis d'une femme morte, avec son embryon,
Il faut chez Du Vernay avoir la dissection.
Rien n'échappe aux regards de nostre Curieuse.

   Mais qui vient sur ses pas ? C'est une Précieuse,
Reste de ces Esprits jadis si renommez,
Que d'un coup de son art Moliere a diffamez.
De tous leurs sentimens cette noble heritiere
Maintient encore ici leur secte façonniere.
C'est chez elle toûjours que les fades Auteurs
S'en vont se consoler du mépris des Lecteurs.
Elle y reçoit leur plainte, & sa docte demeure
Aux Perrins, aux Corras est ouverte à toute heure.
Là du faux bel esprit se tiennent les bureaux.
Là tous les vers sont bôs, pourvû qu'ils soiét nouveaux.
Au mauvais goust public la Be le y fait la guerre :
Plaint Pradon opprimé des sifflets du Parterre ;
Rit des vains Amateurs du Grec & du Latin,
Dans la balance met Aristote & Cotin ;
Puis, d'une main encor plus fine & plus habile,
Peze sans passion Chapelain & Virgile :
Remarque en ce dernier beaucoup de pauvretés ;
Mais pourtant confessant qu'il a quelques beautés,

Ne trouve en Chapelain, quoy qu'ayt dit la Satire,
Autre défaut, sinon, qu'on ne le sçauroit lire ;
Et croit qu'on pourra mesme enfin le lire un jour, *
Quand la langue vieillie ayant changé de tour,
On ne sentira plus la barbare structure
De ses expressions mises à la torture ;
S'étonne cependant, d'où vient que chez Coignard
Le Saint Paulin * écrit avec un si grand art,
Et d'une plume douce, aisée, & naturelle,
Pourit vingt fois encor moins leu que la Pucelle.
Elle en accuse alors nostre Siecle infecté
Du pedantesque goust qu'ont pour l'Antiquité
Magistrats, Princes, Ducs, & mesme Fils de France,
Qui lisent sans rougir & Virgile & Terence ;
Et toûjours pour P * * pleins d'un dégoust malin,
Ne sçavent pas s'il est au monde un Saint Paulin.
    A quoy bon m'étaler cette bizarre Ecole,
Du mauvais sens, dis-tu, presché par une Folle ?
De livres & d'écrits bourgeois admirateur
Vai-je épouser ici quelque apprentie Auteur ?
Sçavez-vous que l'Epouse, avec qui je me lie,
Compte entre ses parens des Princes d'Italie?
Sort d'Ayeux dont les noms . . . Je t'entens, & je voy
D'où vient que tu t'es fait Secretaire du Roy.
Il falloit de ce titre appuyer ta naissance.
Cependant, t'avoûrai-je ici mon insolence ?
Si quelque objet pareil chez moy, deçà les Monts,
Pour m'épouser entroit avec tous ces grands noms,
Le sourci rehaussé d'orgueilleuses chimeres ;
Je lui dirois bien tost : Je connois tous vos Peres :
Je sçay qu'ils ont brillé dans ce fameux combat *
Où sous l'un des Valois Enguien sauva l'Etat.

   * Paroles de M. P** dans ses dialogues à propos de
     Chapelain.
   * Poëme de M. P.
   * Combat de Cerizoles gagné par le Duc d'Enguien
     en Italie.

Varillas n'en dit rien : mais, quoy qu'il en puiſſe eſtre,
Je ne ſuis point ſi ſot que d'épouſer mon maiſtre.
Ainſi donc au plûtoſt délogeant de ces lieux,
Allez, Princeſſe, allez avec tous vos Ayeux,
Sur le pompeux débris des lances Eſpagnoles,
Coucher, ſi vous voulez, aux champs de Cerizoles.
Ma maiſon ni mon lit ne ſont point faits pour vous.
    J'admire, pourſuis-tu, voſtre noble courroux.
Souvenez-vous pourtant que ma famille illuſtre
De l'aſſiſtance au ſceau ne tire point ſon luſtre :
Et que né dans Paris de Magiſtrats connus,
Je ne ſuis point ici de ces Nouveaux venus,
De ces Nobles ſans nom, que par plus d'une voye
La Province ſouvent en gueſtres nous envoye.
Mais euſſai-je comme eux des Meûniers pour parens,
Mon Epouſe vint-elle encor d'Ayeux plus grands,
On ne la verroit point, vantant ſon origine,
A ſon triſte Mari reprocher la farine.
Son cœur toûjours nouri dans la dévotion,
De trop bonne heure apprit l'humiliation :
Et pour vous détromper de la penſée étrange,
Que l'Hymen aujourd'huy la corrompe & la change,
Sçachez qu'en noſtre accord elle a pour premier point,
Exigé, qu'un Epoux ne la contraindroit point
A traîner aprés elle un pompeux équipage,
Ni ſur tout de ſouffrir, par un profâne uſage,
Qu'à l'Egliſe jamais devant le Dieu jaloux
Un faſtueux carreau ſoit vû ſous ſes genoux.
Telle eſt l'humble vertu qui dans ſon ame emprainte.
Je le voy bien, Tu vas épouſer une Sainte :
Et dans tout ce grand zele il n'eſt rien d'affecté.
Sçais-tu bien cependant, ſous cette humilité,
L'orgueil que quelquefois nous cache une Bigote,
Alcippe, & connois-tu la nation dévote ?
Il te faut de ce pas en tracer quelques traits,
Et par ce grand portrait finir tous mes portraits.
    A la Ville, à la Cour on trouve, je l'avouë,
Des Femmes dont le zele eſt digne qu'on le louë,

Qui s'occupent du bien en tout temps, en tout lieu.
J'en sçais une cherie & du Monde & de Dieu,
Humble dans les grandeurs, sage dans la fortune ;
Qui gemit, comme Esther, de sa gloire importune :
Que le Vice lui même est contraint d'estimer,
Et que sur ce tableau d'abord tu vas nommer.
Mais pour quelques Vertus si pures, si sinceres,
Combien y trouve-t-on d'impudentes Faussaires,
Qui sous un vain dehors d'austere pieté
De leurs crimes secrets cherchent l'impunité,
Et couvrent de Dieu mesme empraint sur leur visage
De leurs honteux plaisirs l'affreux libertinage ?
N'atten pas qu'à tes yeux j'aille ici l'étaler.
Il vaut mieux le souffrir que de le dévioler.
De leurs galans exploits les Bussis, les Brantômes
Pouroient avec plaisir te compiler des tômes :
Mais pour moy dont le front trop aisément rougit,
Ma bouche a déja peur de t'en avoir trop dit.
Rien n'égale en fureur, en monstrueux caprices,
Une fausse Vertu qui s'abandonne aux vices.
    De ces Femmes pourtant l'hypocrite noirceur
Au moins pour un Mari garde quelque douceur.
Je les aime encor mieux qu'une Bigotte altiere
Qui dans son fol orgueil, aveugle, & sans lumiere,
A peine sur le seüil de la devotion
Pense atteindre au sommet de la perfection :
Qui du soin qu'elle prend de me gefner sans cesse
Va quatre fois par mois se vanter à confesse,
Et les yeux vers le Ciel, pour se le faire ouvrir
Offre à Dieu les tourmens qu'elle me fait souffrir.
Sur cent pieux devoirs aux Saints elle est egale :
Elle lit Rodriguez, fait l'oraison mentale,
Va pour les malheureux quêter dans les maisons,
Hante les Hospitaux, visite les prisons,
Tous les jours à l'Eglise entend jusqu'à six messes :
Mais de combatre en elle, & domter ses foiblesses,
Sur le fard, sur le jeu vaincre sa passion,
Mettre un frein à son luxe, à son ambition,

Et soûmettre l'orgueil de son esprit rebelle,
C'est ce qu'envain le Ciel voudroit exiger d'elle.
Et peut il, dira-t elle, en effet l'exiger ?
Elle a son Directeur, c'est à luy d'en juger.
Il faut, sans differer, sçavoir ce qu'il en pense.
Bon ! vers nous à propos je le voy qui s'avance.
Qu'il paroist bien nouri ! Quel vermillon ! Quel teint !
Le Printemps dans sa fleur sur son visage est peint.
Cependant, à l'entendre, il se soûtient à peine.
Il eut encore hier la fiévre & la migraine ;
Et sans les prompts secours qu'on prit soin d'apporter,
Il seroit sur son lit peut-estre à tremblotter.
Mais de tous les Mortels, grace aux devotes Ames,
Nul n'est si bien soigné qu'un Directeur de Femmes.
Quelque leger dégoust vient-il le travailler ?
Une foible vapeur le fait elle bâiller ?
Un escadron coëffé d'abord court à son ayde :
L'une chauffe un boüillon, l'autre appreste un remede,
Chez lui syrops exquis, ratafias vantés,
Confitures sur tout vôlent de tous costés :
Car de tous mets sucrez, secs, en paste, ou liquides,
Les estomachs devots toûjours furent avides :
Le premier masse-pain pour eux, je croy, se fit,
Et le premier citron à Roüen fut confit.

    Nostre Docteur bien-tost va lever tous ses doutes,
Du Paradis pour elle il applanit les routes ;
Et, loin sur ses défauts de la mortifier,
Lui-mesme prend le soin de la justifier.
Pourquoy vous alarmer d'une vaine censure ?
Du rouge qu'on vous void on s'étonne, on murmure,
Mais a-t-on, dira-t-il, sujet de s'étonner ?
Est-ce qu'à faire peur on veut vous condamner ?
Aux usages receus il faut qu'on s'accommode.
Une Femme sur tout doit tribut à la Mode.
L'orgueil brille, dit-on, sur vos pompeux habits,
L'œil à peine soûtient l'éclat de vos rubis.
Dieu veut-il qu'on étale un luxe si profane ?
Oüi, lors qu'à l'étaler nostre rang nous condamne.

Mais

Mais ce grand jeu chez vous comment l'autorifer?
Le jeu fut de tout temps permis pour s'amuzer.
On ne peut pas toûjours travailler, prier, lire.
Il vaut mieux s'occuper à joüer qu'à médire.
Le plus grand jeu joüé dans cette intention,
Peut mefme devenir une bonne action.
Tout eft fanctifié par une ame pieufe.
Vous eftes, pourfuit-on, avide, ambitieufe.
Sans cesse vous b ûlez de voir tous vos parens
Engloutir à la Cour charges, dignitez, rangs.
Voftre bon naturel en cela pour Eux brille.
Dieu ne nous d ffend point d'aimer noftre famille,
D'ailleurs tous vos parens font fages, vertueux.
Il eft bon d'empefcher ces emplois faftueux
D'eftre donnez, peut eftre à des Ames mondaines,
E'prifes du neant des vanitez humaines.
Laiffez là, croyez moy, grondez les Indevots,
Et fur voftre falut demeurez en repos.
    Sur tous ces points douteux c'eft ainfi qu'il prononce.
Alors croyant d'un Ange entendre la réponfe,
Sa Devote s'incline, & calmant fon efprit;
A cet ordre d'en haut fans replique foufcrit.
Ainfi pleine d'erreurs, qu'elle croit legitimes,
Sa tranquille vertu conferve tous fes crimes,
Dans un cœur tous les jours nouri du Sacrement
Maintient la vanité, l'orgueil, l'enteftement,
Et croit que devant Dieu fes frequens facrileges
Sont pour entrer au Ciel d'affurez privileges.
Voila le digne fruit des foins de fon Docteur!
Encore eft-ce beaucoup, fi ce Guide impofteur,
Par les chemins fleuris d'un charmant Quietifme
Tout-a coup l'amenant au vrai Molinozifme,
Il ne lui fait bien-toft, aidé de Lucifer,
Goufter en Paradis les plaifirs de l'Enfer.
    Mais dans ce doux état molle, délicieufe,
La hais-tu plus, dy-moy, que cette Bilieufe,
Qui follement outrée en fa feverité,
Baptizant fon chagrin du nom de pieté,

Dans ſa charité fauſſe, où l'amour propre abonde,
Croit que c'eſt aimer Dieu que haïr tout le monde ?
Il n'eſt rien où d'abord ſon ſoupçon attaché
Ne préſume du crime, & ne trouve un peché.
Pour une Fille honneſte & pleine d'innocence,
Croit-elle en ſes valets voir quelque complaiſance ?
Reputés criminels, les voila tous chaſſés,
Et chez elle à l'inſtant par d'autres remplacés.
Son Mari qu'une affaire appelle dans la Ville,
Et qui chez lui, ſortant, a tout laiſſé tranquile,
Se trouve aſſez ſurpris, rentrant dans la maiſon,
De voir que le Portier lui demande ſon nom,
Et que dans ſon logis, fait neuf en ſon abſence,
Il cherche vainement quelqu'un de connoiſſance.

    Fortbien : Le trait eſt bon. Dans les Femmes, dis-tu,
Enfin vous n'approuvez ni vice, ni vertu.
Voila le Sexe peint d'une noble maniere,
Et Theophraſte meſme aidé de la Bruyere,
Ne m'en pourroit pas faire un plus riche tableau.
C'eſt aſſez : Il eſt temps de quitter le pinceau.
Vous avez deſormais épuiſé la Satire.
Epuiſé, cher Alcippe ! Ah, tu me ferois rire !
Sur ce vaſte ſujet ſi j'allois tout tracer,
Tu verrois ſous ma main des tômes s'amaſſer.
Dans le Sexe j'ay peint la pieté cauſtique.
Et que ſeroit-ce donc, ſi Cenſeur plus tragique
J'allois t'y faire voir l'atheïſme établi,
Et non moins que l'honneur, le Ciel mis en oubli ?
Si j'allois t'y montrer plus d'une Capanée,
Pour ſouveſa ne Loy mettant la Deſtinée,
Du tonnerre dans l'air bravant les vains carreaux,
Et nous parlant de Dieu du ton de Des-Barreaux ?
    Mais ſans aller chercher cette Femme infernale,
T'ay-je encor peint, dy-moy, la fantaſque Inégale,
Qui m'aimant le matin, ſouvent me hait le ſoir ?
T'ay-je peint la Maligne aux yeux faux, au cœur noir ?
T'ay-je encore exprimé la bruſque Impertinente ?
T'ay-je tracé la Vieille à morgue dominante,

Qui veut, vingt ans encore aprés le Sacrement,
Exiger d'un Mari les respects d'un Amant ?
T'ay-je fait voir de ioye une Belle animée,
Qui souvent d'un repas sortant toute enfumée,
Fait mesme à ses Amans trop foibles d'estomach
Redouter ses baisers pleins d'ail & de tabac ?
T'ay-je encore décrit la Dame brelandiere,
Qui des Joüeurs chez soy se fait Cabaretiere,
Et souffre des affronts que ne souffriroit pas
L'Hostesse d'une Auberge à dix sous par repas ?
Ay-je offert à tes yeux ces tristes Tysiphones,
Ces monstres pleins d'un fiel que n'ont point les Liones
Qui prenant en dégoust les fruits nés de leur flanc,
S'irritent sans raison contre leur propre sang,
Toûjours en des fureurs que les plaintes aigrissent,
Battent dans leurs Enfans l'Epoux qu'elles haïssent,
Et font de leur maison digne de Phalaris,
Un séjour de douleur, de larmes & de cris ?
Enfin t'ay-je dépeint la Superstitieuse,
La Pédante au ton fier, la Bourgeoise ennuieuse,
Celle qui de son chat fait son seul entretien
Celle qui toûjours parle, & ne dit jamais rien ?
Il en est des milliers : mais ma bouche enfin lasse
Des trois quarts, pour le moins, veut bien te faire grace.
    J'entens. C'est pousser loin la moderation !
Ah ! finissez, dis-tu, la declamation.
Pensez-vous qu'ébloüi de vos vaines paroles,
J'ignore, qu'en effet tous ces discours frivoles
Ne sont qu'un badinage, un simple jeu d'esprit
D'un Censeur, dans le fond, qui folastre & qui rit,
Plein du mesme projet qui vous vint dans la teste,
Quand vous plaçastes l'Homme au dessous de la Beste ?
Mais enfin vous & moy c'est assez badiner,
Il est temps de conclure ; & pour tout terminer,
Je ne diray qu'un mot. La Fille qui m'enchante,
Noble, sage, modeste, humble, honneste, touchante,
N'a pas un des defauts que vous m'avez fait voir.
Si par un sort pourtant qu'on ne peut concevoir,

La Belle tout à coup renduë insociable,
D'Ange, ce sont vos mots, se transformoit en Diable:
Vous me verriez bien-tost, sans me desesperer,
Lui dire: Hé bien, Madame, il faut nous separer.
Nous ne sommes pas faits, je le voy, l'un pour l'autre:
Mon bien se monte a tant; Tenez, voila le vostre:
Partez: Délivrons-nous d'un mutuël souci.

　　Alcippe, tu crois donc, qu'on se sépare ainsi?
Pour sortir de chez toy, sur cette offre offensante,
As-tu donc oublié qu'il faut qu'elle y consente?
Et crois-tu qu'aisément elle puisse quitter
Le savoureux plaisir de t'y persecuter?
Bien-tost son Procureur pour elle usant sa plume,
De ses pretentions va t'offrir un volume.
Car, grace au Droit receu chez les Parisiens,
Gens de douce nature, & Maris bons Chrestiens,
Dans ses pretentions une Femme est sans borne.
Alcippe, à ce discours je te trouve un peu morne.
Des Arbitres, dis-tu pourront nous accorder.
Des Arbitres.. Tu crois l'empescher de plaider?
Sur ton chagrin déja contente d'elle-mesme,
Ce n'est point tous ses droits, c'est le procez qu'elle
　　aime.
Pour elle un bout d'argent qu'il faudra disputer,
Vaut mieux qu'un fief entier acquis sans contester.
Avec elle il n'est point de droit qui s'éclaircisse,
Point de procez si vieux qui ne se rajeunisse;
Et sur l'art de former un nouvel embarras,
Devant elle Rolet mettroit pavillon bas.
Croy-moy, pour la fléchir trouve enfin quelque voye:
Ou je ne répons pas, dans peu qu'on ne te voye
Sous le faix des procez abbattu, consterné,
Triste, à pié, sans Laquais, maigre, sec, ruiné,
Vingt fois dans ton malheur resolu de te pendre,
Et, pour comble de maux, reduit à la reprendre.

F I N.